푸른사상 시선 145

곡선을 기르다

푸른사상 시선 145

곡선을 기르다

인쇄 · 2021년 6월 10일 | 발행 · 2021년 6월 15일

지은이 · 오새미
펴낸이 · 한봉숙
펴낸곳 · 푸른사상사

주간 · 맹문재 | 편집 · 지순이, 김수란, 노현정 | 마케팅 · 한정규
등록 · 1999년 7월 8일 제2-2876호
주소 · 경기도 파주시 회동길 337-16(서패동 470-6) 푸른사상사
대표전화 · 031) 955-9111(2) | 팩시밀리 · 031) 955-9114
이메일 · prun21c@hanmail.net / prunsasang@naver.com
홈페이지 · http://www.prun21c.com

ISBN 979-11-308-1801-6   03810
값 10,000원

푸른사상
시선

145

곡선을 기르다

오새미 시집

푸른사상
PRUNSASANG

연두색 크레파스를 꼭 쥐고 연둣빛 새싹을 그리다가
초록색으로 바꿔 쥐고 초록빛 푸른 잎사귀를 그린
두 번째 시집입니다

바람에 흔들려 가지가 아플 때
진통제 삼아 별을 마시곤 했던 나무의 날들과
가지에 온기를 전해주었던 따뜻한 햇살의 손길을

초록빛 글씨로 적어
내려놓습니다

2021년
오새미

| 차례 |

■ 시인의 말

제1부

제2부

제3부

제4부

제1부

계절의 이빨

햇빛 한 움큼 속에서

우렁찬 소리를 내는 나뭇잎들

비바람 속에서 날카롭게 외친다

물린 흔적이 벌겋게

노을로 부어오르는 저녁

지울 수 없는 이빨 자국에

뚝뚝 붉은 눈물 고인다

허기진 몸으로 영혼의 잎을 떨구며

온몸을 내어주는 나무들

달그림자도 얼어붙는 계절에

푸두둥 날개 치며 날아드는

겨울새 한 무리

눈보라의 송곳니가 날카롭다

물린 자리가 깊을수록

뿌리는 꿈틀댄다

지난 계절의 혹독한 포식

핏물 밴 씨방 속에서

빨간 꽃씨가 자란다

나무의 건축법

햇살이 길게 팔을 늘이고
바람이 살랑살랑 찾아오는 언저리에
튼튼하게 터 잡은 나무

깊숙이 뿌리를 내리는 공사
땅을 깊게 파
잔잔한 자갈과 모래를 섞어
철재처럼 굳건한 기둥을 세운다

바위가 가로막기도 하지만
틈을 지나가며 감싸는
유연한 공법으로 해결한다

굵은 줄기로 층층이 쌓아가며
넓고 푸른 잎사귀로 인테리어를 한다
전기공사는 벌과 나비의 일
꽃들이 눈부신 조명을 켠다

바람의 노래를 부르는 우듬지 테라스
날아가는 음표들이 햇빛에 찰랑댄다

더욱 깊어지는 초록 그늘
나무의 건축이 완성되는 날
하늘은 드넓은 정원이 되어주었다

꽃의 질량은 변하지 않는다

모양은 바뀌나 질량은
바뀌지 않는 꽃들

분홍 히아신스 잎사귀에
꽃은 변함이 없다고 쓰여 있다
뿌리부터 시작되는 분홍
달콤한 향기를 꽃으로 보여준다

어떤 상황에서든
색깔과 향기는 변함이 없다

꽃을 본 눈에 들어 있는
이미지나 색깔도
꽃과 똑같은 질량이다

언덕에 피어난 주황색 나리꽃도
사람의 마음속에 자리 잡은
여운까지 다 합해도

한 치 오차가 없다

바람 부는 들판이나
잘 가꿔진 정원에서도
질량 불변을 추구하는 꽃

세상이 온통 꽃밭이다

리트머스 잎사귀

하늘 품은 잎사귀 이마에 얹으면
수없이 얽힌 미로일지라도
어둠에서 헤어 나올 수 있다

그늘을 만드는 나뭇잎을 귀에 대보면
가지에 걸린 슬픔 한 줌
며칠 후 잘려 나갈지도 모른다는
걱정이 가득하다

촘촘한 아파트 숲에서
매미가 날카롭게 울던 한낮
그 울음에 이파리를 적셔보니
뭉게구름이 바람에 밀려
종종걸음을 하고 있다는 소식

허공을 응시하는 여인의 가슴에
연둣빛 풀잎 하나 얹었는데

붉은 눈물이 배어 올랐다

자식을 잃은 어미의 심장
그리움을 찾아 헤매는 달빛이
수런거리는 밤
하늘 닮은 떡잎 물고
새벽이 찾아오고 있다

비와 바람과 햇빛
누구도 알지 못한 속내를 푸른 잎은
듣고 보고 만질 수 있어

둥지 품은 여린 잎새들이
새끼들에게 연두를 먹이는 것이다

나무는 노래한다

잎사귀 사이 새파란 하늘
팔 뻗고 머리칼 휘날리며
목청 높이는 나무들

아지랑이 혈관이 연둣빛으로 부푸는 봄날
십육분음표가 둥둥
샛노란 노래가 꽃으로 피어난다

달빛에 잠기는 계곡
느티나무 흔드는 바람이 엇박자로
물소리를 옥타브로 높인다
별을 삼키는 숲의 울창한 함성

빨갛게 노랗게 이파리 떨구며
카덴차로 리듬이 자유로워지면
눈물로 그리움을 노래하는 나무
물관 깊숙한 기도가 우듬지로 올라간다

꽁꽁 얼어붙은 땅에 맨발로 서서

혹독한 시련 참아내며 기록하는
한 해 한 칸의 동그란 나이테 오선지
편안한 안식의 노래를 부른다

비는 수직 바람은 수평

방울방울 흘러내리는 비
나무를 수직으로 젖게 하고
흔적 없이 지나가는 바람은
꽃향기를 수평으로 번지게 한다

모두가 꿈꾸는 조화
기차는 들판을 가로로 달리고
건물은 하늘을 세로로 올라간다

과욕을 억눌러야 하는데
인내심이 부족한 사람들
가속 페달에 발을 얹는다

아래로 쏟아지며
먼지를 씻어주는 비
강물은 옆으로 흐르며
윤슬로 반짝인다

세상을 수평으로 길들이는 바람은

분수에 넘치는 구름에게
해법을 알려준다

잎사귀에 중심을 두고
뿌리에 마음을 담는
수직의 비와 수평의 바람이
균형을 잡는 날이다

물의 토목공사

둑을 만들고 댐을 쌓는 공사
물 없이 해낼 수 없다
흘러가는 방향이 뚜렷해
바위를 깎으며 굽이굽이 휘돌아
험준한 산에 계곡을 만든다
흙이 파헤쳐진 먼 길을 향해
몸을 낮춰 흐르는 들판
앞을 향해 전진하다 벼랑을 만나면
허공에 길을 내어
폭포를 만드는 토목술
위험을 무릅쓰고
온몸을 내던져
끝없이 도로를 내는 동료들
고단한 길을 걸으며
땀에 젖은 안부를 묻는다
함께 가는 길에 들려오는
물방울들의 푸른 목청
새들도 나무도 귀가 열린다

지금도 계속되는 토목공사

물의 길이 사람의 길이다

봉숭아꽃 더욱 빨개질 때

개구리 울음이 무논을 적시는 여름밤
겹봉숭아 꽃봉오리 소복했어요
무슨 얘기가 그리도 많은지
은하 저편 별자리까지 뻗어갔어요

오래된 기억이 창밖으로 번져갈수록
순간은 또렷해지고 통증은 무성히 살아나요
눈물송이 부풀고
온몸은 붉게 물들어요

당신은 하늘을 함께 바라보며
얼어붙은 땅에 떡잎을 틔우려 했지만
나는 방향감각을 잃고
산등성이를 넘고 있었지요

세찬 바람에 씨방이 터져
씨앗이 사방으로 튀고 있어요
봉숭아꽃 더욱 빨개질 때
흩뿌려진 꽃씨들이 마당을 거닐어요

사막에 내리는 눈

건조하고 황량한 사막에 눈이 내립니다
알래스카에 휘몰아치던 폭설이
모래바람을 잠재우며 끝도 없이 퍼붓고 있습니다
식물이든 동물이든 다 덮어버려
죽음에 이르게 하는 모래 위에
천 겹 만 겹 이불이 되어줍니다
내 모습이 보이지 않는 여기는 어디인가요
산처럼 쌓인 눈이 녹아내리어
사막의 지하를 적시면
포도와 올리브가 자랄 것입니다
노래를 부르는 나무들의 유연한 몸짓
우거진 숲의 무대입니다
음악을 만들겠다고 밤을 지새다가
시에 목매는 여자
사막에 첫눈이 내립니다
아릿한 가슴에 소복이 쌓입니다
사막의 눈은 천년이 지나면
모래가 된다는 전설이 불어옵니다

배추밭 보육원

푸른 보육원에서 자라는
속잎 꽉 찬 알배기 배추들
진한 녹색 건물 안에
노란 눈빛들 올망졸망

해를 바라보며
반짝반짝 빛나는 아이들
어깨동무 친구들과 함께 커간다

손가락 꼼지락거리며
덧셈 뺄셈도 하고
풍뎅이도 그리다 보면 금세
산에 걸리는 노을
뜀박질 좋아하는 얼굴에
아쉬움 가득

바람 차가운 날
마당에서 펼치는 월동 준비

붉은 물감 가지고
마음껏 색칠한다

황금빛 아이들 합창
따뜻하게 들리는 화음
하늘 높이 퍼져간다

사자왕의 행진*

붉게 물든 숲을 지나왔어요

단풍나무 그늘에 내려앉은 바람, 살랑거리는 가슴 깊이
산을 품은 하늘이 자리를 잡았어요

비탈진 능선에 수많은 사자들, 붉은빛이 꼬리에 꼬리를
물고 있어요

붉은 등덜미를 서늘하게 쓰다듬으며 콧노래를 부르고 있
어요

저녁노을이 무대를 비췄을 때 사자왕의 행진을 연주하기
시작했어요

파트너를 바꿔가는 늠름한 걸음걸이

단풍나무 건반의 깊은 터치와 구름의 낮은 현에 어슬렁

어슬렁 사자들이 몸을 맡겼어요

 붉은 가면을 쓴 무도회를 마치고 위풍당당하게 돌아가는
행렬이 붉게 타올랐어요

 붉은 햇살 아래 고분고분 배를 깔고 단잠을 자는 시간

 붉은 갈기 휘날리는 단풍나무 우듬지가 맑은 눈빛을 가지
면 붉은 숲으로 들어가는 사람들의 이마에

 사자왕의 인장이 찍혔어요

* 생상스가 작곡한 〈동물의 사육제〉 중 제1곡.

사원과 거목

벵골보리수와 스펑나무 밀림 속에
정교한 사원이 묻혀 있었다
신화인지 역사인지 모를 불가사의
거대한 아름드리가 하늘을 뒤덮었고
굵은 기둥과 가지를 주체할 수 없었다
덩치 큰 뿌리는 탱크처럼 사원을 파고들었고
뻗친 돋은 나뭇가지는 벽을 뚫거나 끌어안고 있었다
관광객들은 파도처럼 밀려오는데
천 년 넘은 나무가 포클레인이 된 것인지
돌기둥은 기울고 조각상들은 깨져 나뒹굴었다
악신과 선신의 부조들
세기의 흔적이 무너질세라
당국은 나무의 생명줄을 끊기 시작했다
무너짐이 또 다른 시작일까
고사목이 되는 주사를 맞으며
허연 등뼈를 드러낸 채 눈 감고 있는 거목도 한때는
몇억 광년 거리의 행성과 교신했을 터
정지된 풍경 위로 구름꽃이 핀다

무심히 자라는 잡초 더미

허공을 바라보는 눈동자에서

시푸른 레이저가 터진다

길을 사유하다

꽃들이 에워싼 거울에
촘촘한 길이 보여요
노랑 분홍 주황
더 진한 무늬의 길도 있고
숨기고 싶은 그림도 있어요
연필처럼 날씬한 첫사랑
우거진 숲이 눈부신
학교 언덕 길도 보이네요
길은 길다의 명사
꽃길이나 가시밭길이나
걷고 뛰면서 숨을 쉬지요
무엇이든 길어지는 것들
가느다란 목숨 줄은 길어요
책가방 끈이 늘어지는 줄도 모르고
하염없이 걸었지요
거울을 보는 저녁이면
주저앉은 순간이 떠올라요
타들어가는 풀들

발바닥에 박혀 있는 크고 작은 가시들

꽃들의 책을 열고 길을 봅니다

마음이 뜨거워지고

반사된 배경 속으로

긴 그림자를 남깁니다

길은 기일의 줄임말

아스라이 먼 하늘에서 소리가 들리면

무릎을 가만히 펴고 일어나

당신의 기일로 가겠어요

거울 속은 꽃밭

깨진 길만 기일게 있어요

모서리의 진화

모서리 네 개가 자라는 식탁
남편과 두 아이의 모서리가
날마다 부딪친다

균형 감각은 어디로 갔을까
쾌적하지도 않아
거세고 각진 통증만 부푼다

바닷가 파도에 부대끼며 구른
몽돌이고 싶지는 않다 한때는
견고한 분화구의 열기를
독하게 뿜어냈을 응어리

오랫동안 견뎌왔던 날들
모서리가 모서리를 품었던 시간이
무거운 세상을 헤쳐 가고 있다

모서리는 또 다른 모서리를 만들기 위해

모서리를 만나 모서리를 떠나고
식탁에는 허름한 모서리만 남아
수십 년 지켜온 모서리로 늙어갈 것이다

집 안에서 키우는
맹독성 갑각류 한 마리
네 개의 뿔을 키우며
무디게 자라간다

관절은 삐걱거려도
모서리는 멀쩡해
뿔은 퇴화하지 않는다

기억 속엔 ㄱ이 살고 있다

낡은 흑백 모니터 속
허리가 꺾인 채 살아가는 ㄱ

기억을 믿지 말라 했지만
길을 찍은 발자국은
끊어진 필름을 다시 잇는다

허리가 구부러진 ㄱ을
누구에게도 말할 수 없었던 그때
척추를 꺾고 올라왔던 뜨거운 자막

알레그로를 아다지오로 촬영했고
유리 깨지는 소리를 동시 녹음하는 동안
영화관에서 파스타를 관람하던 ㄱ과 ㄴ

화살 꽂힌 대사에 말문이 막혀
가슴의 문을 사정없이 두드렸던

ㄴ의 시나리오에는 엔딩이 없다

피가 나는 정체는 뭘까
누아르 영화 속 엑스트라는
개봉하기도 전에 창고로 직행하는
ㄷ의 그림자

직선 하나가 굽어 있다
꺾인 이니셜이 모인 녹화장

나가는 문이 없어
90도로 인사하는 주인공은
흐린 ㄱ이다

제2부

단추의 감정학

오랜 부대낌으로 떨어져 나간 단추
일터가 없어졌다
주류의 길을 걸어왔다고 믿었는데
아무도 관심을 갖지 않았다
부속품에 불과했는지
세상은 잘 돌아가고 있다
붙잡고 있던 끈
평생 갈 줄 알았는데
느슨해지다가 툭
떨어져 나간 단추는 아득히 잊혀졌다
아무렇지도 않은
단추 구멍만 한 저녁
남아 있는 실밥 몇 오라기
자취를 감춘다

연필심

잘 깎은 연필은 보기에도 정답다
사각사각 지면 긁는 소리

글씨도 쓰고 스케치도 하지만
무리하게 힘주면 부러진다
연필 잘못이 아니라 사람이 문제

쓸수록 닳아 작아진
몽당연필은 옛 친구의 모습
작달막한 키와 땟국 묻은 얼굴
빵모자를 눌러쓰고 다녔다

연필은 부러지면 깎아 쓰고
잘못 써도 지울 수 있으나
사람은 불가능하다

부러진 하루를 붙잡고
눈을 크게 떠 살피면

저편에서 꾸짖는 소리가 들려온다

여백에 쌓여 있는 더미들
사소한 것이 부러지지 않도록
힘 빼고 살기로 한다

나무의 경제학

거리의 나무마다 이력서를
주렁주렁 매달고 있다
붉고 노란 잎들이 방향을 잃은 채
젖은 풀숲에 파닥거린다

실업을 포대에 쓸어 담는 청년
갓 서른이나 되었을까
셀 수 없는 이력서가
누렇게 바닥을 구르고
알 수 없는 함성이 허공을 떠다닌다

비탈의 계절, 성난 바람이
갈기를 세우고 몰아쳐온다
바람에 끌려다니는 면접
깊숙이 파고드는 한기

그는 아직도
자소서를 주워 담고 있을까
빛바랜 계절이
저물어간다

울음 김장

울음이 쏟아져 나올 땐
울음 김장을 담가요
질 좋은 천일염으로 울음의 숨을 잠재워요
하늘을 볼 수 없던 삼수 시절의 매운 울음을
태양의 따뜻함으로 다스려요
오랫동안 마르지 않는 울음들
찹쌀풀에 슬픈 맛과 톡 쏘는 맛을 함께 갈아
갓은 양념 감정을 만들어요
소래포구 바닷바람을 넣으면 살아나는 감칠맛
알배기 노란 울음 줄기에 양념을 켜켜이 바르고
푸른 결심을 도르르 말아주면
숙성의 저녁에 밑줄을 쳐요
우울이 가슴 깊이 침범해
더 힘들어지기 전에
울음 김장을 마쳐요

새벽 어시장엔 바다가 없다

새벽 어시장 모퉁이
빈 상자를 끌고 가는 노인
어선들이 잡아 올린 생선을 흥정해야 한다
두터운 외투를 껴입고 털신을 신었으나
찬바람의 생계가 볼을 에일 듯 지나간다

낡은 상자처럼 삐걱거리는 노인
뒤틀린 어깨가 버거웁다
저 어깨에 매달린 끈에는 목숨이 몇이나 딸렸을까
몇 푼의 돈으로 바다를 흥정하고 좌판에 앉아
무거운 하루를 펼칠 것인가

고달파하지 않고
더 큰 것을 바라지도 않으며
내일을 말하지 않는다
다만 지금은 어판장에서 상자 가득
물 좋은 생선을 담아 올 뿐이다

날이 저물면 어시장 바닥에

발자국을 찍고 나오는 노인
벅찬 생활 상자 끌고
오늘의 호주머니를 저울질하며
타박타박 저 모퉁이 길로 돌아온다

새벽 어시장엔 바다가 없어
배 없는 노인만 들락거린다

빨간 날

간절히 기다리던 그해 명절
하얀 눈 쌓이는 겨울날
노을에 휩쓸리는 나뭇잎들이 주황빛에 기대어도
귓가에 바람 소리만 스쳐갈 뿐

새벽시장의 달력은
쉼 없이 달려야 하는 마음이
먼저 붉어질 것을 안다

한파 속 새벽에도
무릎 통증을 참아가며
어판장을 나가는 노인의 관절이
벌겋게 부어오른다

마스크로 무장한 채
눈코 뜰 새 없이 움직이는 인력시장
호명받은 사람들은 어딘가로 떠나고

갓 도착한 생선을 받아

길모퉁이를 돌아가는 사람들은
뜨거운 입김으로 허공을 가른다

잠이 모자라는 새벽
한 치의 오차가 없이 흘러가는 하루
그림자가 먼저 빨개진다

새벽을 배송하다

요청한 물품
문 앞에 배송 완료 문자

은빛 갈치에서 바닷물이 뚝뚝 떨어지고
비빔밥 식재료에선 참기름 내음이 넘친다

수없이 이력서를 날려 보낸 후
새벽 배송 일자리를 얻었을까
완전히 바뀐 낮과 밤
낮에 눈을 붙였다가 저녁부터 늦은 아침까지
배달하는 인생을 사는데
강철 같던 뼈가 뒤틀리고
차차 방전되기 시작했다

잠시 숨을 멈추고 지켜보는 새벽별
꽃잎을 나르던 바람의
실핏줄이 터진다

어둠을 뚫고
새벽을 전해주는 배송원

바다에 놓인 의자

해초 내음 맑게 번지는 작은 섬

노을 덮인 해안에

따스하게 타오르는 불길

빈 고깃배 잠들고 파도 소리 쓸쓸해도

가슴에 고인 통증은 편안하다

외딴방에서 맞닥뜨린 벽

뿔뿔이 흩어지는 감정을 추슬러

둥글게 몸을 낮출 때

거실에 떠 있는 의자는

가족을 기다리는 섬이 된다

검은가슴물떼새

강기슭 모래톱에
검은가슴물떼새 한 마리

그림자 이끌고 어디를 향하는지
사방은 어두워지는데
고깃배 한 척 잠들고
따라가는 발자국은 하염없다

지친 날개 접고
둥지를 찾는 저녁
얼마나 큰 아픔이기에
가슴에 얼룩을 안고 살까
가냘프기 짝이 없는 다리
부리도 날개도 기운이 없다

방문 닫고 사는 여자를
단단하게 잠가둔 껍질
젊은 나이에 혼자되어

어렵게 키운 외아들을
강물에 묻었다

버려진 몸뚱이를 이끌고
비명을 지르며 날아온 물가
슬픔을 넘기는 날갯죽지
물 위에 반사되어 흔들릴 때

가슴이 더욱 검어진다

눈물의 서식지

기쁠 때나 슬플 때나
젖은 손으로 살아갑니다

지친 몸으로 식탁을 닦고
찌꺼기가 묻은 접시를 매만지며
소리 없이 뒤처리를 합니다

여자의 마음이 그 속에 있어
우는 날이 더 많습니다

쥐어짤수록 서러움이 차올라
살짝 비틀기만 해도
줄줄 흐르는 눈물

빨아서 닦을수록
해져가는 육신에서
울컥 뜨거운 것이 올라옵니다

바닥이 질척할수록

길은 마르지 않아
젖은 손이 부르틉니다

눅눅한 행주에 서식하는 눈물은
마른날과 궂은날 사이
시한부 인생입니다

명당

시골 외딴집에 함께 사는
할머니와 늙은 고양이
등이 굽고 왜소하며
살살 걷는 걸음걸이까지 서로 닮았다

부엌에서 쌀을 안치거나 텃밭에 김을 맬 때도
곁에서 얼쩡거리는 야옹이
홀로 사는 할머니는
손주보다 더 살가워한다

반려용품 매출이 껑충 뛴다는 뉴스에
따스한 손길로 쓰다듬으며
가슴에 안아주는 할머니는
고양이의 둘도 없는 친구다

할머니는 커다란 고양이
고양이는 아주 작은 할머니
어느 밤 홀연히 떠나버릴까

잠시만 눈에 안 띄어도 노심초사

아랫동네 김 노인 장례식 날
묘 앞에서 슬피 울고 왔는데
고양이 곁을 떠나게 되면
허전함을 어떻게 달랠지

주고받는 눈빛 속에
서로의 못자리를 잡는다
세상에서 가장 따뜻하다

동굴 파는 사람들

밥상머리에서 쫓기듯 일어선다

재수를 하는 딸

일찌감치 스스로 닫은 공간

도서실 한 귀퉁이 지정석에 자리한다

아들은 몇 년째 취준생

오늘도 기약 없는 용산역을 향한다

눈빛을 맞춘 게 언제였는지

어릴 적 눈밭을 뒹굴 때

까르르 퍼지던 웃음소리

가슴에 첫 별이 떠오르던

들판을 찾아 헤맨다

날마다 칼칼한 어둠이

한 줄기 빛을 갈구한다

작은 소리에도 쭈뼛 서는 머리카락

깜깜한 벼랑을 더듬는 가족들

저마다 동굴을 판다

굴속에 내버려진 하늘

끝내 별은 뜨지 않을 것인가

막다른 여자의 창가에서

안부를 묻는 대화는

벽화로 암각되고

밤마다 막장을 헤맨다

살얼음 꽃

살얼음은 깨지지 않는다

비바람이 불어도 얇은 꽃잎은

찢어지지 않는다

문을 닫고 살아가는 여인

쉽게 상처 받고 무너지는 것 같아도

내공 쌓여가는 덕분에

눈길마저 편안하다

동백꽃은 어찌 겨울 한철만 피고

살얼음의 새벽은 왜 얼지 않는가

가파른 빙벽은 언제 녹으며

깊은 계곡에 바람은 과연 불어올 것인가

보이지 않는 뼈가 있어

꽃잎은 깨지지 않고

살얼음 꽃이 핀다

산은 낮아진다

바위산은 까칠한 형제처럼
날카로운 눈매를 갖고 있다
돌이 많은 너덜지대를 딛고 내려오면
발목이 천근

흙산은 부드럽다
억새밭을 안아주고 하늘의 바람도
낮게 흐르게 한다

깊은 산속 무연고 무덤처럼
천천히 낮아지는 산

짙푸른 숲을
어찌 꿈꾸지 않았을까
거친 폭풍우에 허연 뼈마디 드러낸 채
뿌리까지 뽑히는 아픔을
어찌 이겨내지 않았을까

산은 점점 낮아진다

키 작은 꽃을 보려고 고개 숙이는
나지막한 언덕에 시선을 둔다

사람도 산의 마음으로
낮아져야 한다
산마루에게 배운 말이다

별의 눈물은 달다

밤을 노래하는 별들이
하나 둘 뜨기 시작하면
가시에 찔린 상처가 보인다

별들이 아파하는 언덕
불어오는 바람에
귀도 가슴도 시린 채로
떨어지는 별똥별

앓아누워 있는 아내
자식들 입 속에 들어가는 숟가락
눈동자 속으로 밀려올 때
그렁그렁해지는 동공

어둠 속에 갇혀 있는 남자
눈썹을 치켜뜬다
꿈틀거리는 심장

집을 나선 그림자는
눈물을 흘리지 않는다

제3부

뿌리 없는 나무

백화점 크리스마스 트리
칭칭 감은 꼬마전구
누가 저 나무만큼 화통할까
가지가 잘려도 빛을 품는다
어둠이 깊어질수록
사람 사는 세상을 위해
파르르 떠는 잎들
빌딩 숲에 늘어진 그늘
질주하는 바퀴에 뭉개지는 그림자
좁은 어깨에 매달린 장식이
가슴 한쪽으로 기운다
뿌리 없는 나무가 피워낸 불꽃
소외되지 않기 위해
흔들리며 깜박여도
그 마음 읽어주지 않는다

노을 택배

허공에 길을 내던 새들의 무리
구름을 부리에 문 채 깃을 접고
수평선 허리를 움켜쥔다
부드러운 깃털에 빨갛고 노란 꽃물이
순식간에 전송된다

억센 파도에 비바람 몰아치면
등대는 불빛으로 길을 터주고
바람도 소나기 예보를 동봉하느라
땀에 젖은 머리칼을 쓸어 넘긴다

해송 우거진 백사장에 파도 소리 배송되면
외로움을 날갯죽지에 매단 붉은 새들이
둥지의 주소를 찾는다
나뭇가지에 내려앉은 주홍색 바람
뱃머리에 이는 하얀 물너울
갈 길 조급한 조명등이 켜진다

수평선에 아스란히 쌓이는 새들의 울음

날개를 파닥일수록
짙어져가는 숲속 그림자
느리게 택배된 노을이
타오르는 몸을 부린다

장마 정거장

새털구름을 기다리는데 먹장구름이 온다
아슬함이 울적한 기분을 단숨에 태운다
지반을 무너뜨릴 기세에
빨라지는 꽃의 맥박
침묵의 부피는 만석이다
흙탕물 묻은 구름버스와 바람택시가 뒤엉켜
미로가 된 물의 정거장
집중호우로 저지대가 침수되고
지하철 운행이 중단되었다는 뉴스
눈물이 세상에 범람한다
홍수의 말을 다 들을 수 없다
푸른 잎사귀를 매만지고
꽃잎에 뺨을 부비는 정거장
부풀어 오른 물살에 탑승하는 가벼움
장마 정거장 다음은 햇살 정거장
습기가 목적지에서 내린다
구름은 바람을 포기하지 않는다

등대부엉이

안개 낀 어스름 저녁
땀 흘린 어선들이 입항한다
뱃길 깊게 패여 자국으로 남고
물거품이 하얗게 얼룩진다
둔덕에 피어나는 노란 꽃들
크고 작은 어선 몇 척
올망졸망 기다린다
바람처럼 들려오는 부엉이 신호
선박들이 마주치는 붉은 눈
수리부엉이를 본다
제 몸의 뼈를 비우며
뿌옇게 밝아오는 아침
부엉이가 새벽 바다를 날아
둥지로 돌아간다
세찬 비바람 불어오는 방파제
먹구름 속에서도
부엉부엉
푸르게 운다

꽃피는 아궁이

불이 꺼진 줄 알았는데
잿더미를 뒤적거리면
불씨가 활활 타올라요

뼛속까지 추운 날
꽁꽁 얼었던 새벽을 녹이며
마음까지 덥혀주곤 했어요

식구들을 위해
김이 오르는 밥을 짓고 국도 끓이면서
하루를 훈훈하게 지피는 아궁이

메마르고 차가워진 가슴에 밥물을 부으면
따뜻한 눈망울이 보금자리를 꿈꿔요

오늘과 내일이 반복되는 세상
문턱에 발가락을 부딪치고

얼음물에 손이 트기도 했어요

지루한 장마가 이어질 때
젖은 솔가지로 불을 지피면
맥박과 호흡을 가늠해주고
정을 북돋아주던 아늑한 방

폭설이 마을을 덮어도
잿더미 속 붉은 꽃은
빨갛게 숨어 있어요

번 아웃

곱게 불타는 단풍나무는
계절이 끝나기도 전에 탈진 상태
눈 뜨는 아침마다
나뭇잎 색깔이 조금씩 퇴색되고
하루가 다르게 사그라들어
조바심이 난다
저울로도 측량할 수 없는 슬픔
1도만 낮아져도 무기력해지니
초록이 손가락 사이로
서서히 빠져나가던 때가 그립다
뿌리가 휘청거려 서 있기조차 숨차다
뜨겁게 타오르고 있는 지금이
가장 아름다운 순간
탈색되고 기운이 떨어진 채
계곡 물에 떠가는 분신들
가파른 고개에서 내려다보는
나무의 눈망울에 핏물이 차오른다
황홀하게 빛나는 눈썹은

붉으면서도 가냘프다
잎사귀들이 쏟아내는 말대로
내려놓는 빈손들
마지막엔 외로움을 참으며
아픔 하나쯤 짊어지고 사는 법
다 타버리고 뼈만 남은 나무
언 발로 겨울을 지내며
봄을 기다리는데
속에서 불이 꺼지지 않았는지
쌓인 눈이 녹아내린다

숨겨둔 일기

돌멩이와 깨진 보도블록 질펀히 널리고
도로 차단기 여기저기 어지럽습니다
프로펠러 굉음에 전차 소리까지 뒤섞여 들려옵니다
가슴으로 스며드는 안개
옥상 후문 도청 앞 광장까지 자욱합니다
오월 하늘이 먹구름으로 어둡습니다
그날 새벽 어디선가
비명소리 터져오고 누군가의 맨발이
구둣발에 뭉개집니다
하얀 전단지가 꽃잎처럼 뿌려져
바람에 사방팔방 날아갑니다
귀 막아도 조여오는 심장을
잠시라도 풀 수 있을까요
시원하게 답해줄 수 없는
코흘리개 삼남매 이야기
아빠가 왜 먼 길을 떠났는지
도무지 알 수가 없어
어린것들, 연신 초점 없는 눈길을

허공에 주고 있습니다

무등산 고갯마루 바라보며

숨겨둔 일기장을 펼쳐보는데

번진 글자들이 날아와 가슴에 박힙니다

홍수가 지나간 마을

사나운 물살이 휩쓸고 지나간 마을

어둠이 찢기는 소용돌이
물에 잠긴 목소리
아끼는 마음 한 조각까지
휘감고 가버린 물살

처절하게 붕괴된 터전은
기약 없는 시간이 해결해주겠지만
하늘에 대한 원망은 어지럽게 흩어진 잔해 속에서
도망치지 못한다

달빛 곱던 능선을 떠올리는
마을 어귀 쓸쓸한 가로등
살아남은 느티나무가
마을의 상처를 어루만지고 있다

아린 가슴 털어내려 심호흡하면

터진 살 깊이 파고드는 햇빛
폐 속에 스며들어 여울진다

맨발로 무릎 꿇고 기도하던 저녁노을
핏발 선 눈으로
마을을 두리번거릴 때

쓸려갔던 산 그림자
다시 마을의 배경이 되어주고

떠내려간 맑은 눈빛도 되돌아온다

우물은 퍼내도 마르지 않는다

햇살 묻은 하늘이 우물에
어지럽게 갇혀버린 날
밤이면 어둠이 고여 출렁이고
달빛이 물방울로 부서졌어요

반쯤 깨진 두레박을 던지면
어린 별들이 일으키는 파문
곁에 섰던 미루나무 이파리
그림자를 떨며 너울댔어요

얼마나 많은 날들이 지났을까
물이 마르기 시작했어요
캄캄한 우물 속을 굽어보며 소리쳤지만
달빛 묻은 물방울의 메아리만 울려왔지요

우물 속엔 사나운 바람이 불고
물을 길어간 사람들은 감정을 잃어버렸어요
말을 잊은 채 머물다 간 얼굴

어른거리는 물그림자

동네를 몇 바퀴 돌아도
가야 할 길은 정해져 있어
우리는 얼굴을 맞대야 했어요
밤새도록 길어 올려도
이야기는 마르지 않았거든요

물이 차오르기 시작하네요
바닥엔 샘물이 솟아나기 마련
오래도록 이날을 기다렸어요

퍼내도 퍼내도 마르지 않는 푸른 종소리
메말랐던 가슴속에
시리도록 간직하겠어요

눈물 한 병 어둠 한 접시

출렁이는 불빛을 뚫고 흩어지는 사람들
터미널의 가로등이 희미하다

흘러가는 것들을 잡으려 손짓하면
아득한 거리에서 나를 부른다
간드러진 트로트에 마음이 물렁해지다가도
문턱에서 파고드는 철근이 어깨를 짓누른다

왈칵 울음이 쏟아지려 한다
눈물 한 모금에 어둠 한 쪽을
잘근잘근 씹어본다

식지 않은 미열이 끓고 있어
눈을 뜨면 화사한 햇빛의 물결

생을 뼛속까지 마셔본 사람은
눈물 서너 모금에 어둠을 쭉 찢어

곱씹으며 삼킨다

창자도 허파도 다 내놓고 살아왔기에
이만큼 서 있는 것인데도
아픔 속에서 쏟아지는 신음

극심한 안개 터널 건너
터미널 상점이 또렷이 보인다
아무도 모르게 해소되는 통증

눈물과 어둠을 다 비우고 타는 막차
쓸쓸함이 먼저 앉아 졸고 있다

새들은 날지 않는다

이국의 하늘로 날아와
늙은 새의 둥지로 들어간 여자
땀 흘린 대가를 알아갈 즈음
시어머니 치매가 심해지고
남편마저 뇌졸중으로 쓰러졌다
가지 말라고 옷자락을 잡았던
하노이의 가난한 형제들
어려운 살림을 도와주며
보란 듯이 살고 싶었는데
세 아이 뒷바라지가 삶을 짓누른다
새벽 배달에 식당 설거지에
몸이 천근만근
주말엔 전단지를 돌린다
행인들은 무심히 스쳐가고
간절하게 날려 보낸 새들은
길을 자주 잃어버렸다
숨 가쁘게 살아가는 가슴속 새들을
언제 풀어줄지 모르는데

붉은 해가 저문다
고향 하늘이 운다

빨래 건조대

베란다에 사는 커다란 새 한 마리
줄줄이 걸린 옷가지들로 축축해진 날개
물기를 머금어
깃털까지 흠뻑 젖었다

둥지에 있다가도 탈수된 옷들이 다가오면
푸드득 날갯짓을 한다
부리로 허공을 쪼다가 눈앞이 아찔하더라도
뼛속까지 젖은 날개를 퍼덕거리며
눈부신 햇살 속을 날아본다

대기업에서 중역을 맡았고
가정에서도 중심이었던 사내
불의의 사고로 집 안에만 있게 되어
걷고 뛰고 오르는 것은
아득하게 멀어진 일

얼마간은 쩌렁쩌렁 울리는 음성으로

노여움을 드러냈으나
기력이 쇠해 날개를 접고 말았다

베란다에서 숨을 고르며
간간이 퍼덕거리는 날개
창틈으로 불어오는 바람에
남은 눈물을 말린다

흐린 날에 눈을 감고

하늘이 낮아진 흐린 날
달맞이꽃처럼 눈을 감으면
끝없이 펼쳐지는 풀밭
건들지도 않았는데 풀잎들은
허리 휘며 흐느낍니다

태어날 때부터 손에 쥔 슬픔
비가 오는 날이면 피돌기가 빨라집니다
알 수 없는 서러움이
녹빛 방울로 뚝뚝 떨어집니다

외로운 구름의 숨소리
멀리 가버린 당신의 발자국
감춰놓은 기억이 외출해버린 후
아우라지에서 뗏목 타고 흘러온 우리
굽이굽이 물안개의 처연함을
마주한 사이였지요

얽히고설킨 것들

물길에 떠나보내야 할 것들
능선을 넘어가는 바람의 날개로
민들레 씨앗 날려 보내며
흐린 눈을 감습니다

대하소설 제1권 봄

아직은 차가운 손등
나무들이 기지개를 켜며 몸을 늘인다
꽃씨들이 소망을 부풀리며
바람이 앞산의 페이지를 넘긴다
잡목 사이에선 휘파람새 노래

푸른 물이 엉켜 있던 매듭을 풀고
옹이를 빼내면서 잎을 피운다
차오르고 기울던 달
봄빛의 도입을 기대하고
가파른 바윗길과
가시밭 덤불도 전개한다

갈색이 걷히고 연두가 솟으며
꽃들이 물결로 이야기를 하는데
푸른 안개가 꿈틀대며
햇살을 찍은 나뭇가지로 소설을 쓰는 여자

봄 산에 꽂혀 있는 제1권

울고 웃으며 집필했던 봄
새소리 구름에 가득하고
행간에는 꽃잎이 빼곡하다

틈

보도블록 틈새에 피어난 민들레
거리를 바라볼 새도 없이
개미처럼 바쁘다

채송화 씨앗이 눈을 뜨듯
좁은 틈에서도 생명은 태어난다

한사코 기어오르는 담쟁이 넝쿨도
틈을 짚으며 올라간다

밧줄 하나에 의지하여
빌딩 유리창을 닦는 사람도
가족의 틈을 메우며 산다

바닥에 다리를 뻗는 꽃잔디
허공에 날개를 펴는 고추잠자리
하늘과 땅의 틈새가 둥지다

별들도 어둠의 틈에서

은하수 퍼즐을 완성한다

갈라지는 세상에서
마음에 금이 갈 때
그 틈을 메우는 손가락은
민들레 새싹이다

제4부

신발은 외롭다

봄비에 젖은 산을 절뚝이며 걸었다

신발 지문이 사라진 지 오래
뒷굽 관절의 실핏줄까지 터졌다

나를 벗어나고 싶었을 신발
따뜻한 체온이 다 사라졌을까

평생 받아주기만 했던 삶
발을 쑥 집어넣으면 불평 한마디 없이
한결같은 온기로 감싸주었다

입 벌리고 자는 신발의 귀에
산그늘과 바위틈의 산나리 이야기가 들리고
개울의 물소리도 들리나 보다

봄비에 젖은 산이
목마르도록 그리운 날이다

곡선을 기르다

곡선을 기르는 나무
잎사귀나 꽃은
직선이 없고 곡선만 있다
무성한 줄기로 슬픔과 배려를 기르며
숲도 달빛도 동반자라고 가르친다

직선을 선호하는 사람
꺾일 수도 떨어질 수도 있어
엄마 젖을 먹으며 자라는 아기를
곡선으로 기른다

둥지 잃은 산새와
비바람에 쓰러지는 풀잎의 울음
둥글게 드리운 산그늘이 감싼 붉은 이슬
곡선이 아니고는 품을 수가 없다

나무를 가꾸며 꽃을 피우고

사람까지 키우는 곡선

봄산을 오르다 무더기로 피어난
제비꽃과 철쭉에 멈춰서는 발걸음
햇살의 그림자와 바람의 손길

눈앞이 곡선의 세상이다

구름의 수유

구름의 풍성한 젖가슴이
고개 넘어 산을 보듬습니다
아기가 듣는 엄마의 심장 박동
언덕은 구름의 이야기를 들으며
옹알이를 합니다
바람이 전해주는 소식
꽃봉오리 터지는 소리
속살거리는 숲의 대화입니다
애정 어린 품에서
튼실한 가지가 꿈틀댑니다
부드러운 손으로
메마른 입술을 적셔주는 구름
젖을 넘기는 눈을 맞추며
산벚꽃이 흩날리던 날
골짝에서 들리는 방울새 노래
촉촉이 젖어든 음성입니다
구름의 가슴속에
산 빛깔 파랗게 짙어져가면

부푸는 마음 이 골 저 골 쏘다닙니다

산에 어리는 진녹빛 그림자

내일의 들판에

연둣빛 뽀얀 젖이 넘실댑니다

감나무 설경

겨울바람의 날카로운 손톱에도
끄떡없이 벼텨냈던 감나무

새하얀 눈꽃을 수묵화처럼 만나고 싶었는데
햇빛을 등지고 선 나뭇가지가 쓸쓸하기만 하다
아스라한 그늘에 기대어
뒤돌아선 아버지를 불러본다

눈이 앉았다 떠난 가지마다
파랗게 움이 튼다
매서운 추위가 나무들을 견디게 했을까
그 많은 눈은 흔적도 없이 녹아 내려
다디단 우물이 되었으리라

겨울에게 등을 보인 사람들이
난로 곁에서 손을 쬐며 비비고 있을 때도
감나무는 자신을 찢고 나오는 눈물을 머금어

언 발로 봄을 만들고 있었을 것이다

눈밥을 먹고 배부른 떡잎들이
연둣빛 옹알이를 하고 있다

뿌리 없는 막대기에도 피가 돌 것 같아
눈 더미 쌓인 자리에서
냉이랑 민들레가 피어날 것인데

아직도 당신을 보내지 못하는
나의 오래된 뼈는
겨우내 흰 눈을 이고 있던
늙은 감나무를 닮아가고 있다

먼지가 사는 집

집을 오래 비우다 돌아왔다
사람이 살지 않아도
먼지는 꽃을 피우고 있었다

창 너머 별을 보다 잠들면서
누군가를 밤늦도록 기다려야 했던 날들

하고 싶은 말이 허우적거릴 때
베란다를 기웃대고
마음이 심란하여 가라앉을 때는
장롱 밑에서 숨고르기를 했다

손을 휘휘 내저으면
허공을 내딛는 발걸음
종종걸음 치며 간절한 햇살 줄기 따라
몇 발짝 걷다 되돌아오기도 했다

오래 묵은 것들은 맘이 상했는지

열 손가락 맞잡고 납작 엎드려
고개조차 들지 않는다

시커먼 먹장구름이
구석을 휘감아 가슴에 드리울 땐
미처 하지 못한 얘기들도
둥둥 떠다니다 끝내 가라앉고 말 것이다

먼지가 사는 집에 하루 한 번
노을이 깊숙이 들어왔다 가면
핏줄처럼 타올랐다 스러지는 목숨들

사람이 없는 집에서는
먼지도 따스하다

토마토

채송화가 소꿉놀이하는 텃밭에
토마토가 붉게 익어간다

바깥일과 집안일로 하루해가 짧은
어머니 가슴속이 딱 붉은색
자식들 보살피는 빨간 불덩이 타오른다

흐벅지게 굵은 것을 으깨어 요리에 쓰는
토마토는 무른 야채
세상 풍파 살피며 뼈마디 아픈 길을 걷는
어머니 마음처럼 무르지 않다면
생살이 터지지 않을까

주렁주렁 매달린 토마토
소소한 집안의 이야기처럼 겉과 속이 한결같다
달콤한 정이 흐르는 가족들
수수하게 물이 오른다

햇빛 스러져 꽃향기 사라진 텃밭에

저녁이 발그레 내리면
주먹 꽉 쥐고 매달려 있는 슬픔

관절 닳은 어머니 무릎에
노을이 붉다

이따봐새

먼 길을 떠나는 한 마리 새

햇살 한 줌 바람 한 줄기 따라

가파른 능선을 넘는다

무거운 짐을 가슴에 달고

세찬 바람 속에서도

억센 날갯짓을 할 때

부리와 발톱의 상처가 아문다

자식 챙기기에 눈코 뜰 새 없는

어미의 호칭은

이따봐

푸른 하늘에 깃털 휘날리며

새털구름까지 솟구쳐보고 싶지만

논으로 밭으로

날개 접을 틈이 없다

생일상 한번 변변하게 받지 못한 채

노을 속으로 떠나버린 이따봐새

구름이 서럽게 울고

천둥 번개도

이따봐 이따봐 소리치며
밤새 울었다

봄에 떨어지는 나뭇잎

노란 산수유가 꽃망울을 터뜨리는 봄
꼿꼿이 서 있는 억새 한 무리
긴 겨울을 뚫고 온 저 강단
새싹이 밀고 나오면
툭 고개를 떨구고 먼 길을 떠날 것이다

찬바람과 폭설에도
굴하지 않고 견디어낸
철쭉의 간절함
갈색의 좁다란 잎사귀들
연두 움에 자리를 비켜준다

붉은 눈물이 앞을 가릴 때
더불어 떠났으면 좋았을 것을
차오르는 말이 있었을까
꽃피는 봄이면 보게 될 확신
새싹이 나오는 순간

만남이 소중했던 것이다

육남매 살뜰히 키워낸 울 엄니
경각에 달린 숨이 차올라 말을 잇지 못했다
목련 꽃봉오리 환하게 불 밝히던 저녁
아들 딸 자식들 모두 모이자
큰 숨을 내쉬고는
치맛자락 여미며 발걸음 내딛었다

눈물밥

일터에서 돌아와
서둘러 쌀을 안치는 여자
현미 콩 수수에 찹쌀까지 섞는다
감자 호박을 숭덩숭덩 썰어
두부와 함께 끓인 된장찌개는
남편이 좋아하는 메뉴
참기름과 깨를 뿌려 후다닥 무친 겉절이에
아이들이 잘 먹는 김과 굴비까지 올리는 동안
틈틈이 이 방 저 방 정리하다 보면
이마에 번지는 땀방울
밥물 넘치듯 속에서 북받치는 눈물
돌아서면 몸 따로 마음 따로 여린 꽃잎
아픈 허리에 열기가 스미는데
결혼하여 입때까지
한 끼 더운밥을 위한 여정이었을까
눈물을 밥물 삼아 차려왔던 식탁
둘러앉은 식구들의 수저 소리
남편은 신문에 정신이 팔리고

아이들은 휴대폰에 눈을 뺏길 때

가슴을 누르며

눈물밥을 먹는다

눈물 속에 길이 있다

강물 속엔 구름과 산이 들어 있어요
산들바람 불어오는 날
은빛 물고기 떼가
계곡 줄기 따라 지느러미를 움직이네요

항상 눈을 뜨고 있는 물고기
물 먼지가 들어가면 물살에 씻기도록
눈꺼풀은 퇴화되어도 좋아요

수초 속에 들었다 나왔다
들리지 않는 노래가
물결의 파장을 일으켜요

물에 쓸려 아프게 흘러온 지난날
떼 지어 유영했던 눈물

돌아가는 길이 막막할 땐
어디서 왔으며 어디로 갈지

젖은 눈을 부비며 생각하면

눈물이 흐르는 쪽으로
길이 보여요

버팀목

곁에 기둥이 있으면
공간 확보가 어렵거나
시야를 방해하기도 하지만
등허리에 열꽃이 필 때
옆구리나 어깨가 결릴 때
버팀목이 되어줘요

사오일 집을 비우면
여자는 은하계 세상
밥상을 차릴 필요도 없고
빨래를 안 해도 되지만

이내 서걱거리는 마음
한결같은 달빛을 비춰주는
한 사람이 없어
나뭇잎을 휩쓸어가는
바람 소리만 들려요

곁에 있는 버팀목은

거칠고 불편할 수도 있지만
색감과 질감이 좋아요
둥글고 부드럽게 갈고 닦아
그윽한 나무 향을 맡으면서
함께 살아요

립스틱

산을 오를 때 스틱을 의지하듯
입술도 스틱을 사용하여
동창회도 가고 파티도 간다

허약한 입술은
대충 사는 것처럼 보이고 비주얼도 떨어진다
그 입술로 수다를 쏟아낸다면
얼마나 초라할까

오렌지 입술로 말을 하면
상대의 눈빛이 오렌지 색으로 물들고
가슴도 노을빛으로 스며든다

내리막길이 미끄러우면
지팡이를 짚어야 하듯
처지는 입꼬리를 스틱으로 받쳐주면
밝은 인상으로 바뀐다

발림성이 촉촉한 스틱은

개성까지 살려준다
뮤즈핑크나 로즈블라썸은
막 피어오르는 꽃봉오리처럼 화사하다

마음을 받쳐주는 작은 지팡이
내일의 입술이 빛난다

마리나베이가 있는 하늘

문득 스치는 싱가포르 향기
집 주위 야자수 울타리에
사자 냄새가 난다

우거진 수목에 찰랑대는
바람의 얼굴
그 사이로 보이는 파란 하늘 계곡

초원에서 휘달리는
총천연색 연들의 꼬리가 바쁘더니
갑자기 내리는 짧고 굵은 빗방울 소리에
스르르 눈이 감긴다

센토사 섬을 스크린 삼아 펼치는
쪽빛 바다
파도 위 집 한 채로 밀려오는 그리움이
은이와 현이를 향해

독수리 날개를 편다

하늘과 얼굴을 맞댄 스카이 파크
빨간 목덜미 앵무새가 눈짓하고
마리나베이를 따라 흐르는
구름 아래

너희들이 있다

생일

악곡 이름을 빼곡히 적은 수첩을
소중히 지니고 다닌 고등학생은
친구 동생이었다
친구와 함께 음대 공연을 본 뒤로
내 주위를 맴돌기 시작하다가
생일이 되었을 때
베토벤 피아노협주곡 4번을 선물해주었다
박 씨 성이어서
박토벤 드림이라고 적혀 있었다
강하면서도 서정이 흐르는 베토벤을
좋아해서 그랬을까
지금 어느 하늘 밑에서 음악에 심취하고 있을지
마음 그립게 생각나는 계절
콘체르토 4번을 타고 시간여행을 한다
제과점에서 소보루빵을 먹고 나서도
계속 음악 얘길 나누고 싶어 했던 그 아이
해마다 다가오는 생일에
몇 번씩 듣게 되는 4번 협주곡

피날레로 휘몰아치면
석양은 월광 소나타를 연주했다

우 박사

실내 축구 골대를 선물한 뒤
초등학교 1학년 아이의
사랑받는 할미가 되었다
혼자서도 슛이나 벽치기로 축구를 즐기는 우
층간소음으로 아래층에서 올라올까 노심초사
아들의 성화에 엄마 아빠는 피곤해도
주말 경기 관람 일정을 잡는다
한시도 공을 놓고 싶지 않은 우
거실이나 방 안에서도 틈만 나면 드리블
가족들이 맘에 안 들 땐 옐로카드나 레드카드를 꺼낸다
맨유 10번 불같이 빠른 남자 마커스 래시포드가 좋다고
등판에 10번을 새긴 맨유 축구복을 즐겨 입는다
바로셀로나의 메시나 토트넘의 손흥민이 최고라나
유벤투스 경기에서 호날두가 출전하지 않아
호날두 우우 하며 속상해했다
응원의 함성도 우우우 음정 박자 하나 틀리지 않고
울림도 제법 우렁차다
할미는 그런 우를 박사로 부르고

모두에게 그리 부르도록 했다

운동하면서 공부도 잘하면 좋겠다 싶어서다 그런데

세계적인 축구 선수도 되고

박사도 될 거라고 한다

그 말을 들은 할미는 바로

우의 팬클럽 회장이 되었다

식탁방

지붕 하나에 기둥이 네 개
벽이 없어 자유롭게 드나드는 방
일과를 마치고 돌아와 발을 뻗으면
고조곤한 편안이 거기에 있다
출렁이는 발의 그림자에
달빛 온기가 덮인다
바지락과 청양고추 국물로 끓인
뚝배기 순두부를 먹고
식후에 마시는 차 한 잔
뜨거운 김이 올라오면 훈훈해지고
발가락을 꼼지락거리며 맞대면
반짝이는 별들이 얼굴을 내민다
바람 부는 벌판에서 불안했던 눈동자
빨라졌던 맥박까지 정상이 된다
벽도 없는 단칸방에서
튼실하게 자라갈 줄 알았을까
발등을 토닥여주는 사랑방이 따뜻하다

나무와 곡선의 건축술

이재훈

시인이자 철학자로 일컫는 식물학자 자크 타상은 인간의 몸에는 나무의 유전자가 있다고 말한다. 그의 저서 『나무처럼 생각하기』에는 인간과 나무의 관계에 관한 철학적 사유가 펼쳐진다. 인간과 나무는 어떤 관계에 있을까. 수렵 시대부터 인간은 나무와 함께 살아왔다. 지금도 마찬가지이다. 인간이 있는 곳에 나무가 없는 곳은 없다. 지구의 대부분은 나무로 채워져 있다. 그 때문에 인간의 몸과 마음에는 나무의 흔적이 유전자처럼 박혀 있다. 자크 타상은 인간이 나무를 벗어나면서부터 겪는 고통에 대해 얘기한다. 나무를 제대로 모르기 때문에 겪는 인간의 무지를 '나무처럼 생각하기'를 통해 벗어날 수 있다고 믿는다. 우리는 나무를 사랑하고 있을까. 나무에게 영혼이 있다고 믿을 수 있을까. 자크 타상은 아래와 같이 얘기하고 있다.

이타성을 가진 나무는 끊임없이 우리에게 세상에 대해 속삭

이며 말을 건다. 우리는 나무에게서 많은 것을 배웠다. 우리의 신체뿐만 아니라 몇몇 사유 방식이 그것을 말해준다. 우리는 나무로부터 얻은 목재의 속껍질로 책을 만든다. 세상에 대한 우리의 인식은 앞으로도 나무에서 유래될 듯하다.[1]

나무는 끊임없이 우리에게 말을 건네는데 우리는 나무에게 말을 건 적이 있을까. 혹은 나무의 말에 귀 기울인 적이 있을까. 나무에 관한 한 인간은 끊임없이 부족한 관계일 수밖에 없다. 또한 인간의 모든 인식은 나무의 몸으로부터 나온 종이와 책을 통해 전유된다. 인간은 나무 없이는 이성적 발전을 꾀할 수 없다.

아마도 나무에게 말을 걸고 나무의 말에 귀 기울이는 것을 가장 잘 하는 부류는 시인이 아닐까. 시인은 나무의 속살을 바라보고, 나무의 전생을 헤집으며, 나무에 관한 존재의 비의를 끊임없이 묻고 타진하는 언어를 선험적으로 내뱉고 있다. 나무에 관한 수많은 시와 나무에 관한 수많은 이미지는 서로 변용되고 습합되며 새로운 인식의 지점을 획득해 나갔다. 오새미의 시에서도 나무에 관한 본질적 사유가 두드러지게 나타난다. 오새미는 나무가 인간과 오래도록 소통한 흔적을 찾는다. "고사목이 되는 주사를 맞으며/ 허연 등뼈를 드러낸 채 눈 감고 있는 거목도 한때는/몇억 광년 거리의 행성과 교신했을 터"(「사원과 거목」)라며 죽은 나무의 근원까지 헤아린다. 이러한 인식은 나무를 평범한 식물적 대상이 아니라 특별한 대상으로 자각한다는 점을 지시한다. 이미 타버린 나무에게

---

1   자크 타상, 『나무처럼 생각하기』, 구영옥 역, 더숲, 2019, 7쪽.

까지 오래도록 시선을 던지고 이내 "속에서 불이 꺼지지 않았는지"(번 아웃) 살피고 이를 통해 쌓인 눈이 녹는다는 현상을 새로운 시각으로 설파한다.

햇살이 길게 팔을 늘이고
바람이 살랑살랑 찾아오는 언저리에
튼튼하게 터 잡은 나무

깊숙이 뿌리를 내리는 공사
땅을 깊게 파
잔잔한 자갈과 모래를 섞어
철재처럼 굳건한 기둥을 세운다

바위가 가로막기도 하지만
틈을 지나가며 감싸는
유연한 공법으로 해결한다

굵은 줄기로 충충이 쌓아가며
넓고 푸른 잎사귀로 인테리어를 한다
전기공사는 벌과 나비의 일
꽃들이 눈부신 조명을 켠다

바람의 노래를 부르는 우듬지 테라스
날아가는 음표들이 햇빛에 찰랑댄다

더욱 깊어지는 초록 그늘
나무의 건축이 완성되는 날

하늘은 드넓은 정원이 되어주었다

　　　　　　　　　　　　　　　　— 「나무의 건축법」 전문

　나무는 인간에게 오래된 건축공법이다. 시인은 나무를 통해 집을 짓는 건축술과 나무가 존재하는 생장의 이치를 겹쳐놓는다. 이로써 나무에게 다가가는 방법을 제시한다.

　여기서 나무는 재료이자 공법의 주인이다. 나무가 튼실하게 터를 잡을 수 있는 배경은 자연의 이치이며 나무와 관계를 맺음으로써 생명을 존속하는 매개체로 작용한다. 건축은 땅을 깊게 파서 기초를 다지고 그 위에 기둥을 올리는 방식으로 진행된다. "깊숙이 뿌리를 내리는 공사"와 "잔잔한 자갈과 모래를 섞어" 기둥을 세우는 작업은 건축술이자 나무의 존속 원리이기도 하다.

　시에서는 줄곧 나무의 생태와 건축공법의 유사성을 같은 지평 위에 올려놓는다. 건축은 언제나 난관이 따른다. "바위"는 난관과 위험을 상징하는 시적 대상이다. 하지만 이런 난관도 "틈을 지나가며 감싸는" 방법으로 돌파한다. 사실 틈을 지나고 감싸는 행위는 건축술에 가깝기보다 존재의 지탱 원리에 가깝다.

　여기서 시인은 나무에게 새로운 자격을 부여한다. 자신의 모든 신체를 이용해 자연과 어우러지는 광경을 보여준다. "넓고 푸른 잎사귀"로 인테리어를 하는 비유는 나무 주변의 존재들까지 동참하는 화해의 공간을 제시한다. "벌과 나비"와 "꽃들"은 저마다 전기 공사와 조명을 켜는 일을 하는 것이다.

　결국 나무는 노래할 수밖에 없다. "우듬지"에서 노래를 부르는 시점이 오면, 음표들이 날아다니는 나무 주변은 노래의 세계로 변

한다. 나무가 지향하는 건축술은 하늘이 정원이 되는 조화로운 평
화의 세계이다.

잎사귀 사이 새파란 하늘
팔 뻗고 머리칼 휘날리며
목청 높이는 나무들

아지랑이 혈관이 연둣빛으로 부푸는 봄날
십육분음표가 둥둥
샛노란 노래가 꽃으로 피어난다

달빛에 잠기는 계곡
느티나무 흔드는 바람이 엇박자로
물소리를 옥타브로 높인다
별을 삼키는 숲의 울창한 함성

빨갛게 노랗게 이파리 떨구며
카덴차로 리듬이 자유로워지면
눈물로 그리움을 노래하는 나무
물관 깊숙한 기도가 우듬지로 올라간다

꽁꽁 얼어붙은 땅에 맨발로 서서
혹독한 시련 참아내며 기록하는
한 해 한 칸의 동그란 나이테 오선지
편안한 안식의 노래를 부른다

— 「나무는 노래한다」 전문

시인이 나무를 통해 노래를 하고 하늘을 보며 부푼 꿈을 꾸는 것은 나무와 대화하는 방법을 알기 때문이다. 나무는 이미 "목청 높이"며 노래한다. 세계는 이미 노래의 광장이다. 아지랑이가 연둣빛으로 부풀고 "노래가 꽃으로 피어"나는 공간이다. 또한 나무가 모여 있는 숲과 계곡도 화음을 낸다. 계곡은 달빛에 잠기고, 바람은 느티나무를 흔들며 소리를 내고, 숲은 별을 삼키는 함성을 내지른다.

이렇게 숲과 나무를 둘러싼 자연의 구성원이 함께 노래를 부르는 것은 어떤 연유일까. 시인은 노래가 시련을 통해 소리를 낸다는 삶의 이치를 얘기한다. 나무는 그리움을 노래하지만, 그 방법은 눈물을 통해서이다. 편안한 안식의 노래를 부를 수 있는 힘은 혹독한 시련을 견뎠기 때문이다.

오새미는 나무를 사유하고 성찰하는 시선을 자연의 생태나 이치에만 머무르지 않는다. 다음의 시를 보자.

거리의 나무마다 이력서를
주렁주렁 매달고 있다
붉고 노란 잎들이 방향을 잃은 채
젖은 풀숲에 파닥거린다

실업을 포대에 쓸어 담는 청년
갓 서른이나 되었을까
셀 수 없는 이력서가
누렇게 바닥을 구르고
알 수 없는 함성이 허공을 떠다닌다

비탈의 계절, 성난 바람이
갈기를 세우고 몰아쳐온다
바람에 끌려다니는 면접
깊숙이 파고드는 한기

그는 아직도
자소서를 주워 담고 있을까
빛바랜 계절이
저물어간다

— 「나무의 경제학」 전문

　오새미는 시적 대상의 탐구와 함께 더 넓은 곳으로 시선을 돌린다. 시인은 사회적 구조에 대한 비판과 아쉬움을 나무를 통해 형상화하고 있다. 나무를 지배하는 경제학은 나무가 인간에게 얼마나 유용한지에 대한 여러 경험과 반성에서 출발한다. 시인은 경제구조를 시적 대상에만 투사하는 것이 아니라 지금 이 시대 경제구조에서 가장 문제시되는 청년 실업의 문제를 나무로써 사유한다.

　시에서 나무는 경제를 지탱하는 구조에 가깝다. 나뭇잎은 나무가 생성해낸 결과물이다. 그러나 나뭇잎은 열매를 맺지 못한다. "이력서를/주렁주렁 매달고" 있지만 결국 "방향을 잃은 채/젖은 풀숲에 파닥거린다". 이어 더욱 실감나게 현실의 사회적 상황을 비유한다. "실업을 포대에 쓸어 담는 청년"에서처럼 청년들에게 이력서는 나뭇잎처럼 숱하게 떨어지는 존재로 전락되었다. 나뭇잎(이력서)이 나무에서부터 떨어져 세상 바깥으로 나오면 시련이 시작된다. "비탈의 계절, 성난 바람"이 나뭇잎을 맞는다. 그러면서도

"바람에 끌려다니는 면접"을 외면할 수 없다. 면접을 보며 깊숙한 한기를 느낀다.

시인은 얘기한다. "그는 아직도/자소서를 주워 담고 있을까"라고. 분명 자소서를 주워 담고 있을 것이다. 그것이 지금 여기 현실의 자화상이다. 이런 "빛바랜 계절"이 바로 신자유주의 '나무의 경제학'이다.

> 방울방울 흘러내리는 비
> 나무를 수직으로 젖게 하고
> 흔적 없이 지나가는 바람은
> 꽃향기를 수평으로 번지게 한다
>
> 모두가 꿈꾸는 조화
> 기차는 들판을 가로로 달리고
> 건물은 하늘을 세로로 올라간다
>
> 과욕을 억눌러야 하는데
> 인내심이 부족한 사람들
> 가속 페달에 발을 얹는다
>
> 아래로 쏟아지며
> 먼지를 씻어주는 비
> 강물은 옆으로 흐르며
> 윤슬로 반짝인다
>
> 세상을 수평으로 길들이는 바람은
> 분수에 넘치는 구름에게

해법을 알려준다

잎사귀에 중심을 두고
뿌리에 마음을 담는
수직의 비와 수평의 바람이
균형을 잡는 날이다

— 「비는 수직 바람은 수평」 전문

시인이 나무를 통해 이루려는 지향점은 인식의 지평을 넓히는 일일지 모른다. 나무를 통해 타자를 인식하고 시적 대상의 본질을 관통하는 시의 지평을 하나씩 열어가고 있다.

가령 비와 바람이 수직과 수평의 관계 속에서 상생한다는 인식을 드러낼 수 있다. 비는 "나무를 수직으로 젖게 하고" 바람은 "꽃향기를 수평으로 번지게 한다"는 관조적 태도를 '조화'의 관점에서 노래한다. 이 같은 유비적 관점은 기차와 건물, 비와 강물로 확장되면서 의미를 파생시킨다. 이러한 인식의 전개 속에서 "수직의 비와 수평의 바람이/균형을 잡는 날"이라는 인식의 결과물을 얻을 수 있다.

둑을 만들고 댐을 쌓는 공사
물 없이 해낼 수 없다
흘러가는 방향이 뚜렷해
바위를 깎으며 굽이굽이 휘돌아
험준한 산에 계곡을 만든다
흙이 파헤쳐진 먼 길을 향해
몸을 낮춰 흐르는 들판

앞을 향해 전진하다 벼랑을 만나면
허공에 길을 내어
폭포를 만드는 토목술
위험을 무릅쓰고
온몸을 내던져
끝없이 도로를 내는 동료들
고단한 길을 걸으며
땀에 젖은 안부를 묻는다
함께 가는 길에 들려오는
물방울들의 푸른 목청
새들도 나무도 귀가 열린다
지금도 계속되는 토목공사
물의 길이 사람의 길이다

― 「물의 토목공사」 전문

　수직과 수평의 이미지는 나무뿐 아니라 다른 시적 대상을 통해
서도 자주 타진된다. 물은 수직과 수평의 형태를 갖기 어려운 물
질이다. 하지만 물을 담는 매개체를 통해 물은 비로소 형태를 얻
는다.
　물이 계곡에 닿으면 굽은 형태가 되고, 벼랑을 만나면 수직의
형태가 된다. 댐을 만나면 고여 있는 형태가 되며 그릇을 만나면
그릇 모양을 가진다. 그렇기 때문에 물은 다양한 길을 만들 수 있
다. 시인은 댐 공사를 엿보면서 물의 길을 찾아가는 과정을 선명
하게 보여준다. 댐 공사는 물 없이 불가능하다. 물은 시간의 상징
이다. 오랜 시간을 거치면 바위를 깎고 "험준한 산에 계곡을" 만들
기도 한다. 정작 시인이 바라본 광경은 "앞을 향해 전진하다 벼랑

138

을 만나면/허공에 길을 내어/폭포를 만드는 토목술"이다. 물은 허공에도 길을 내는 물질이라고, 그것이 물이 가진 토목술이라고 시인은 말한다. 이러한 허공의 길을 만들어내는 것은 또한 사람이다. 모든 토목술은 사람의 노동과 희생을 동반한다. 결국 시인은 "물의 길이 사람의 길"이라는 전언을 낳는다.

오새미의 자연은 조화의 인식에 기반한다. 시적 대상과의 동일성이라 부르는 조화의 감정이 시 곳곳에서 펼쳐진다. 시인이 바라보는 자연은 모두 인간과 하모니를 이룬다. 공기 중에 호흡하는 생명들이 모두 주인공이다. 「리트머스 잎사귀」를 보면 "하늘 품은 잎사귀", "그늘을 만드는 나뭇잎", "매미가 날카롭게 울던 한낮", "뭉게구름", "연둣빛 풀잎", "헤매는 달빛", "수런거리는 밤", "비와 바람과 햇빛", "둥지 품은 여린 잎새들" 모두가 서로 조응하며 여인과 어미와 인간 모두와 서로 에너지를 주고받는다.

이러한 감정은 「봉숭아꽃 더욱 빨개질 때」나 「살얼음꽃」에서도 다양한 자연적 대상을 통해 변주되며 하모니의 그림을 그린다. 조화의 감정은 "모양은 바뀌나 질량은/바뀌지 않는 꽃들"을 통해서 "세상이 온통 꽃밭"이라는 인식의 결과를 낳기도 한다(「꽃의 질량은 변하지 않는다」). 또한 「배추밭 보육원」에서는 배추밭과 보육원을 연결시켜 더불어 상생하는 합창과 화음을 듣기도 한다. 이런 노래를 부르는 이가 바로 "황금빛 아이들"인 것이다.

시인은 자연의 이치와 조화에만 머물러 있지 않는다. 삶의 세목과 풍경에도 따뜻한 시선을 보낸다. 그 시선 속에는 일상의 지혜가 스며 있다.

"모서리 네 개가 자라는 식탁"을 공유하는 남편과 두 아이는 모

서리에 날마다 부딪히는 일상을 살아간다(「모서리의 진화」). 시인은
이를 통해 균형이라는 감각, 견딤이라는 삶의 태도를 주시한다.
「단추의 감정학」에서는 일터가 없어지고 소외된 삶을 단추를 통해
시사한다. 떨어진 단추와 아주 작은 단추 구멍을 통해 주류가 아
닌 길과 부속품으로서의 위치와 누추한 저녁의 삶을 애틋하게 보
여주고 있다.

요청한 물품
문 앞에 배송 완료 문자

은빛 갈치에서 바닷물이 뚝뚝 떨어지고
비빔밥 식재료에선 참기름 내음이 넘친다

수없이 이력서를 날려 보낸 후
새벽 배송 일자리를 얻었을까
완전히 바뀐 낮과 밤
낮에 눈을 붙였다가 저녁부터 늦은 아침까지
배달하는 인생을 사는데
강철 같던 뼈가 뒤틀리고
차차 방전되기 시작했다

잠시 숨을 멈추고 지켜보는 새벽별
꽃잎을 나르던 바람의
실핏줄이 터진다

어둠을 뚫고

새벽을 전해주는 배송원

　　　　　　　　──「새벽을 배송하다」 전문

　　위의 시는 누추한 삶을 새벽 배송원을 통해서 더욱 의미를 더한
다. 새벽 배송 배달원의 사연과 일상을 통해 그 속에서 건강한 의
미를 담으려는 시인의 따스함이 전달된다. 배송원은 은빛 갈치와
식재료를 전달하는 존재가 아니라 "어둠을 뚫고/새벽을 전해주는"
자이다. 이러한 삶의 면면은 시적 화자의 진솔한 경험을 통해서
우러나오기도 한다.

　　이런 광경은 「눈물의 서식지」에서도 이어진다. 여성의 일상이
주는 감정을 진솔하고 담담하게 그려낸다. 시인은 행주를 통해 여
성의 눈물을 발견한다. 행주 속에 스며 있는 여성의 눈물과 삶을
'시한부 인생'이라는 상징적 어사를 통해 드러낸다.

　　시 「노을 택배」에 이르면 집약적인 감각으로 조화의 광경을 보
여준다. 새는 "허공에 길을 내"고 구름을 부리에 물고 수평선 허리
를 움켜쥔다. 시인이 아름답게 묘사하는 광경은 어딘가로 이 풍경
을 전송하기 위해 존재한다. 새가 전송하는 것은 '노을'로 대표되
는 아름다운 자연이다. 노을을 택배로 전송하기 위해서는 더 예민
한 감각이 동원돼야 한다. "억센 파도", "주홍색 바람", "하얀 물너
울", "새들의 울음", "숲속 그림자" 등을 통해 역경과 불편을 모두
이겨내고 노을이라는 조화의 감각을 전달하게 된다.

　　　곡선을 기르는 나무
　　　잎사귀나 꽃은

직선이 없고 곡선만 있다
무성한 줄기로 슬픔과 배려를 기르며
숲도 달빛도 동반자라고 가르친다

직선을 선호하는 사람
꺾일 수도 떨어질 수도 있어
엄마 젖을 먹으며 자라는 아기를
곡선으로 기른다

둥지 잃은 산새와
비바람에 쓰러지는 풀잎의 울음
둥글게 드리운 산그늘이 감싼 붉은 이슬
곡선이 아니고는 품을 수가 없다

나무를 가꾸며 꽃을 피우고
사람까지 키우는 곡선

봄산을 오르다 무더기로 피어난
제비꽃과 철쭉에 멈춰서는 발걸음
햇살의 그림자와 바람의 손길

눈앞이 곡선의 세상이다

—「곡선을 기르다」 전문

　오새미는 나무를 통한 수직과 수평의 인식과 자연을 바라보는
태도, 삶을 바라보는 곡진한 시선 등을 통해 시의 긴장을 견지해
왔다. 수직과 수평의 인식은 곡선을 통해서도 드러난다. 위의 시

에서 나무의 "잎사귀나 꽃은/직선이 없고 곡선만 있다"고 한다. 나무의 수직과 수평의 상상력에 그치지 않고 곡선으로까지 확장한다. 나무는 "무성한 줄기로 슬픔과 배려를 기르며/숲도 달빛도 동반자"라고 인식한다. 직선만 있으면 이 세계는 유지할 수 없다. 수직과 수평이 줄 쳐진 세계 속에서 곡선의 유연함이 있어야 단호한 선들을 모두 품을 수 있다. 그런 곡선의 상징을 힘입는 대상으로 "아기", "산새", "울음", "이슬"을 얘기한다. 곡선이 아니고는 품을 수 없는 시적 대상들을 하나씩 호출한다.

곡선은 "사람까지 키우는" 힘이 있다. 눈앞이 온통 곡선의 세상이라면 당신은 사람으로 커가고 있는 것이다. 오새미는 나무를 통해 세계를 보고, 수평과 수직의 이미지로 사물의 본면을 사유하다, 곡선에 이르러 사람을 살핀다. 오새미의 시집을 읽으며 바깥 풍경을 보니 세상이 온통 곡선으로 보였다. 곡선을 기르는 오새미 시인의 시적 상상력이 더욱 활기차기를 바라본다.

李在勳 | 문학평론가 · 건양대 교수

푸른사상 시선 145

곡선을 기르다